伊豬豬和魯豬豬動作太慢啦。他們在磨蹭什麼呀。
終點

怪傑佐羅力和神祕的飛機

文·圖 **原裕**　譯 王蘊潔

馬力十足的遙控飛機，
在藍色天空中飛來飛去。
嗡——嗡
佐羅力大師真厲害，三兩下就裝好了。遙控飛機飛上天。
大家快來看哪！遙控飛機馬力足，就算載了大行李，也能輕輕鬆鬆飛上天。佐羅力大師是天才，遙控飛機，動力全開。

佐羅力好像突然想起了什麼事，歌才唱到一半，就停了下來。

「我想起來了，以前曾經聽媽媽說過，本大爺的爸爸是開飛機的。」

「是嗎？佐羅力大師，請問你的爸爸是一個什麼樣的人？」伊豬豬和魯豬豬很好奇的追問。

「本大爺也不太記得了。」

佐羅力露出哀傷的眼神，抬頭仰望著天空。

佐羅力媽媽的幽靈在一旁的草叢中

聽到佐羅力這番話，喃喃的說：

「對啊，這也難怪他不記得爸爸，那個時候佐羅力才三歲而已，之後他就再也沒見過爸爸了……」

佐羅力媽媽的眼淚撲簌簌的、一滴一滴流下來。

接下來，她將告訴大家佐羅力爸爸失蹤的故事。

佐羅力的小提醒

○佐羅力的媽媽在十年前生病死了，因為她很擔心佐羅力，所以變成了幽靈，隨時守護著他。

①佐羅力爸爸的夢想，
是開著自己造的飛機，
飛上天空。
設計圖
②有一天，
他靠著自己的力量，
終於獨自一個人
完成了
那架飛機。
太好了，我終於完成了。
③他實在太高興了，
結果沒有試飛就直接
開著飛機飛往
山的那一邊。
老公啊，路上小心喔……
④從此就失去了音訊……
後來，有人在深山裡
發現了撞毀的飛機殘骸。

⑤那時候，佐羅力
才三歲而已，難怪他
一點也不記得爸爸的模樣了。

⑥之後，
我一個女人，
獨立把佐羅力撫養長大。
雖然吃了不少苦，
但他很爭氣，
是個孝順的孩……

喂，別跑，抓小偷！

突然，一個宏亮的喊叫聲，
打斷了佐羅力媽媽說故事……

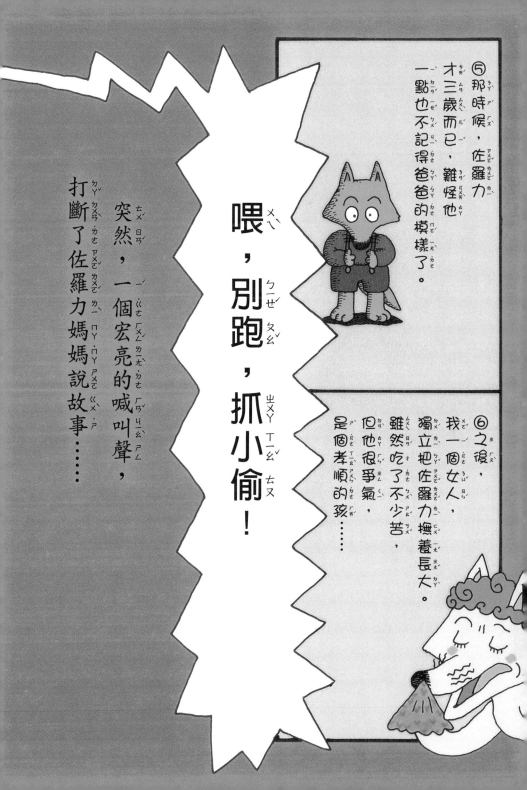

「抓住他們那兩個醜不拉幾的山豬兄弟，就是他們偷了我店裡的遙控飛機。快點，趕快抓住他們。」

玩具店的老闆帶著警察追了過來。

佐羅力的小提醒

○各位應該還記得，怪傑佐羅力逃獄後，遭到通緝的事吧？不知道的人記得去看《怪傑佐羅力之佐羅力被捕了！》。

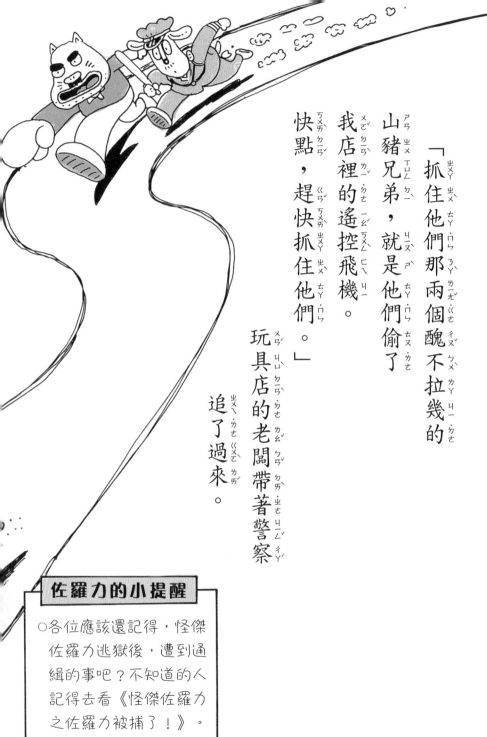

「咦，這個遙控飛機是你們偷來的嗎？完蛋了，如果我們現在被抓到的話，警察一定會發現我們被通緝的事，到時候我們又會被關進大牢裡了。」

佐羅力他們嚇得連忙拔腿就跑。

亂哄哄
鬧哄哄

他們跑了好一會兒，
看到前面圍了很多人。
「太好了，只要逃進人群裡，
警察就找不到我們了。」
佐羅力這麼想，他們三人立刻
衝進了人群裡。

這裡真熱鬧，是在舉辦什麼廟會嗎？

不，不是廟會，
是富家千金
錢多多小姐
要去旅行，
大家都來為她送行呢。
你看，她就是
要搭那架私人客機
去旅行唷。

佐羅力他們順著那個人手指的方向一看，驚訝得不得了。

哇噢，竟然有這麼大的私人客機！！錢多多小姐的家裡未免也太有錢了吧！！
三個人看了，都忍不住張大了嘴巴。

啊！他們在那裡！！
糟了，警察發現他們了。
完、完蛋了。快躲進行李堆裡。

佐羅力三人飛快的打開一旁的行李箱和行李袋，一溜煙的躲了進去。

不一會兒，

四周總算安靜了下來。佐羅力和伊豬豬這才敢從行李箱裡探出頭來。

整個房間周圍黑漆漆的，到處都放滿了行李。

伊豬豬從小窗戶往外張望，說：「佐羅力大師，我們正在天上飛呢。」

「是嗎？原來我們跟著行李被送上了富家千金的私人客機。」佐羅力嘀咕這句話的同時，魯豬豬從行李袋裡蹦了出來。

哇噢，佐羅力大師，你快來看看這個行李袋裡裝了什麼。

佐羅力聽了，湊過去
往行李袋內一看，
發現袋子裡面裝滿了
一疊又一疊的鈔票。

「真是太幸運了，
這些錢我就全都收下了。
嘿嘿，不如我們
乾脆劫持這架飛機，
飛到一個警察追也追不到的南方島嶼，
從此過著幸福快樂的生活，

你們覺得怎麼樣？」
看到這麼多錢，
佐羅力想到一個妙計。

「贊成，贊成，
舉雙手贊成!!」
不過一眨眼的工夫，
三個人就一致通過了
佐羅力的意見。

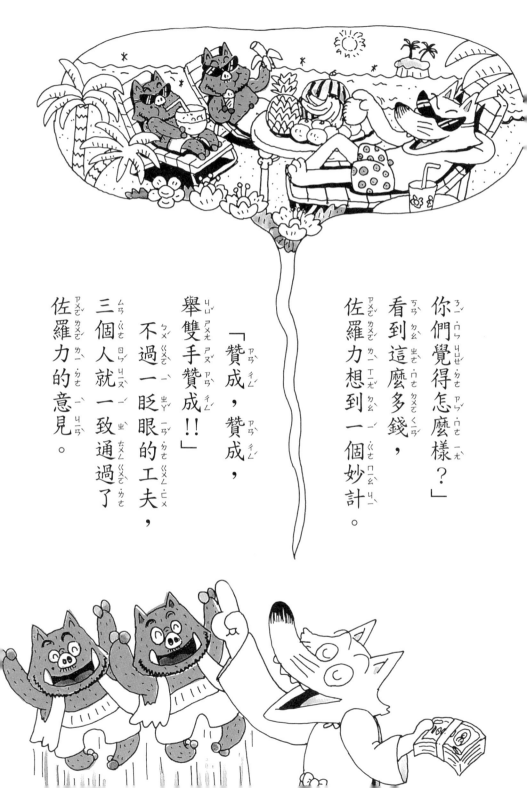

接著，佐羅力從門縫中偷看客艙內的情況。

他看到千金小姐在很多布偶的包圍下，津津有味的吃著巧克力，看起來很好吃的樣子。

千金小姐的身旁站了一位老管家，走起路來搖搖晃晃的。

「那個老管家，我用一根手指頭就可以搞定他。

我們只要把千金小姐抓來當人質，然後劫下這架飛機，就可以直飛南方島嶼。嘻嘻呵呵嘻嘻。」

不一會兒，佐羅力變身為怪傑佐羅力，然後整個身體飛速撞向通往客艙的艙門。

就在這時——

飛機忽然用力搖晃了一下，
佐羅力重重的摔倒在地上，
他忍不住大叫：
「嗚啊——發、發生什麼事了!!」
門的另一端傳來說話聲，
回答了他的疑問。

「小姐，大事不好了。
機長來報告，引擎好像出了問題。」

「管家爺爺，那會怎麼樣呢？」

「如果引擎發生了故障，這架飛機太重，可能會飛不動。」

「那把行李室裡的行李統統丟掉，飛機就會變輕了。」

「喔，這真是好主意啊。」

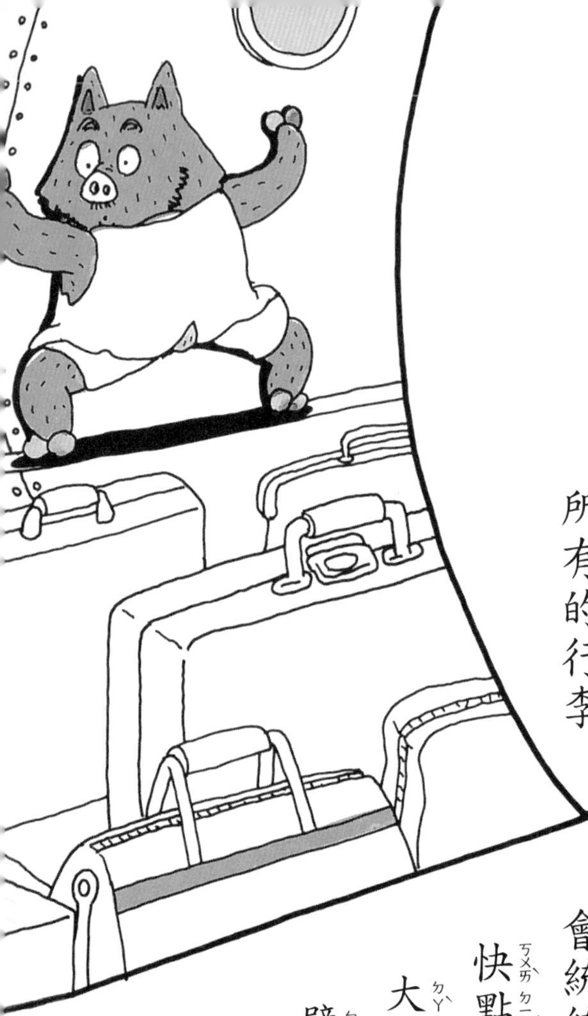

佐羅力一聽，差一點慌了手腳。

「行李室不就是這裡!!要是我沒猜錯，等一下地板一定會打開，所有的行李會統統被丟出去。快點！大家趕快抓緊牆壁啊!!」

「丟出去？

怎麼能夠眼睜睜看著裝了錢的行李袋被丟掉呢？我可做不到。」

貪心的魯豬豬伸長手，準備把裝了錢的行李袋拿過來。

佐羅力猜得果然沒錯，
行李室的地板一下子
張開了大口，
瞬間
所有的
行李都被
丟向空中，
像樹葉一樣
飛了出去。

魯豬豬我不是跟你說了嗎？
當然，貪心的魯豬豬，抱著錢和遙控飛機，也跟著行李一起掉了下去。

「伊豬豬，你要抓緊囉。只要我們一鬆手，下場就會和魯豬豬一樣。」

佐羅力話才剛剛說完，前一刻還聽得到轟隆隆的引擎聲，突然安靜下來。

「喂喂，這麼安靜，該不會是引擎熄火了吧？」

佐羅力果然又猜對了。

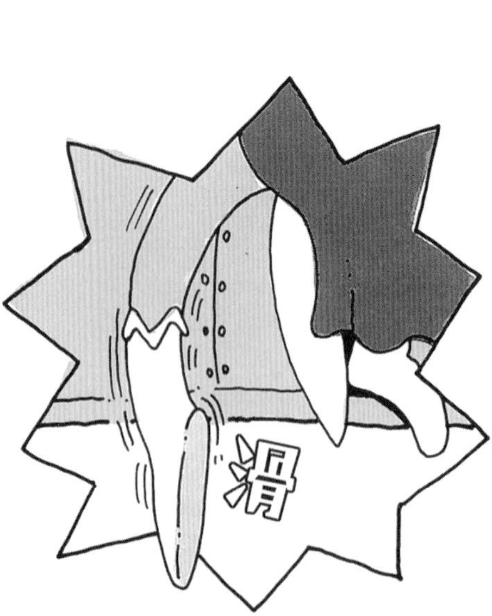

飛機又一次用力搖晃，
接著急速往下降。
佐羅力不小心腳一滑，
竟然從飛機上掉了下去。

幸好，就在這個緊要關頭，
伊豬豬一手抓住佐羅力的斗篷。
然而，此刻佐羅力還是無法
鬆一口氣。

雖然佐羅力很難受，
但是只要伊豬豬一放手，
他就會倒栽蔥似的摔到地上。
可是，即使他能繼續
忍耐，但眼看著
飛機就要撞山了，
還能撐得了多久呢？
唉，難道佐羅力已經走投無路，
只剩下死路一條了嗎？

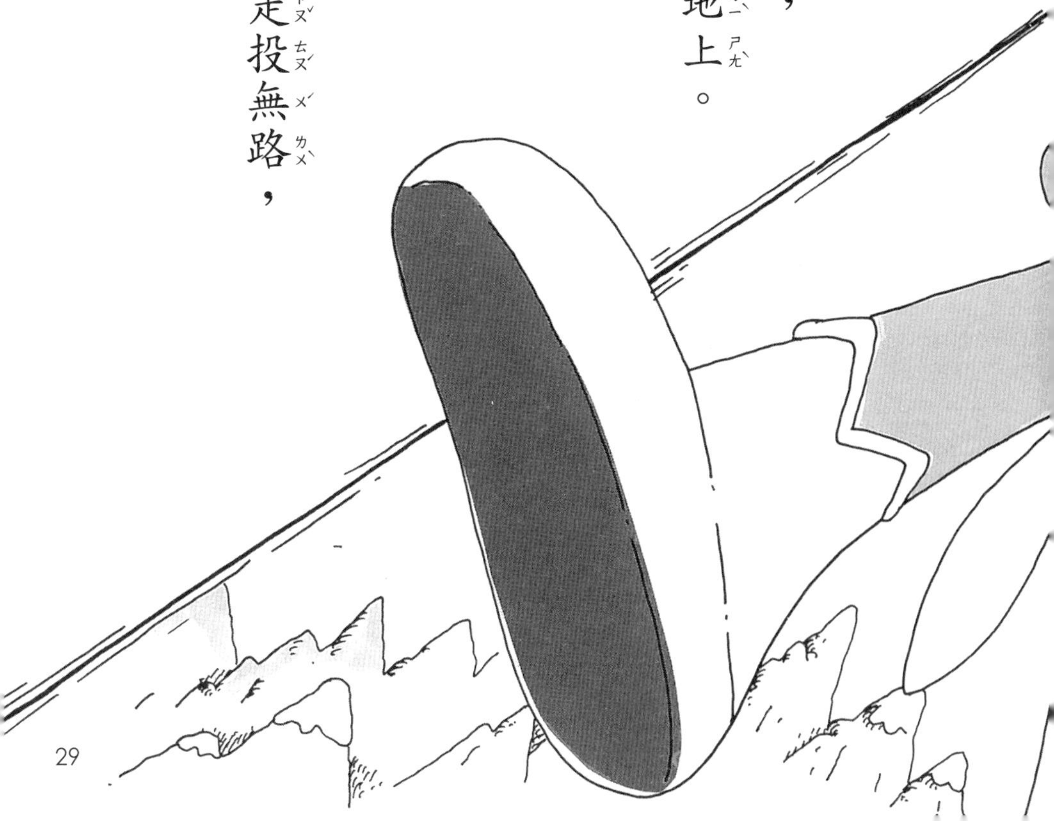

卡嚓
卡嚓
啊
啊，終於得救了
噗咚!!
不，佐羅力可是死不了的九命怪貓，他用兩隻腳夾住了雪山斜坡上的樹木，成功的逃生了!!

咚隆——

佐羅力從樹上爬了下來，跑向飛機墜落的地方。

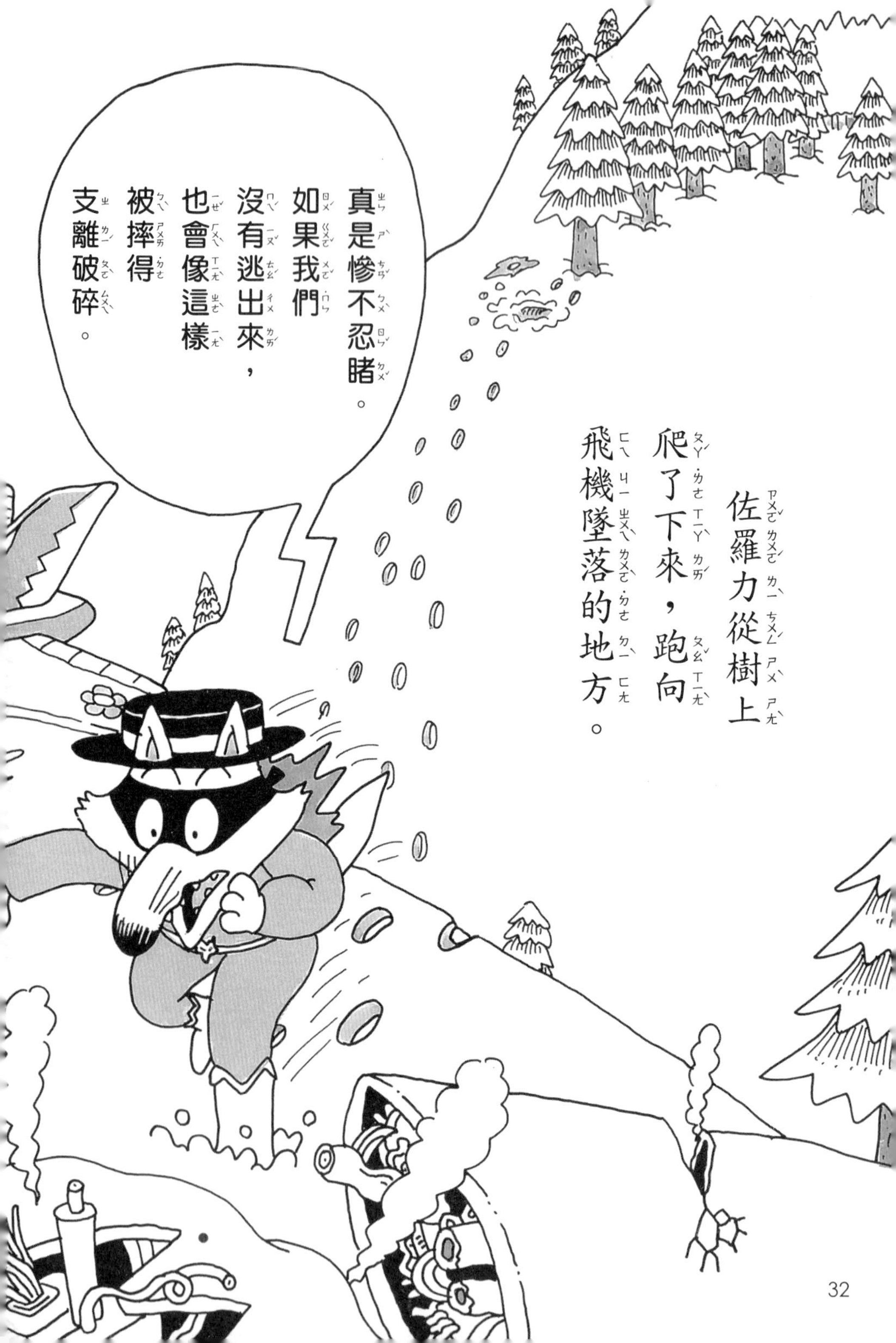
真是慘不忍睹。如果我們沒有逃出來，也會像這樣被摔得支離破碎。

「摔得這麼慘，應該沒有人能活吧。」

伊豬豬說得很有自信。可是他才剛剛說完，不知道從哪裡傳來一個無力的求救聲。

「救命——」

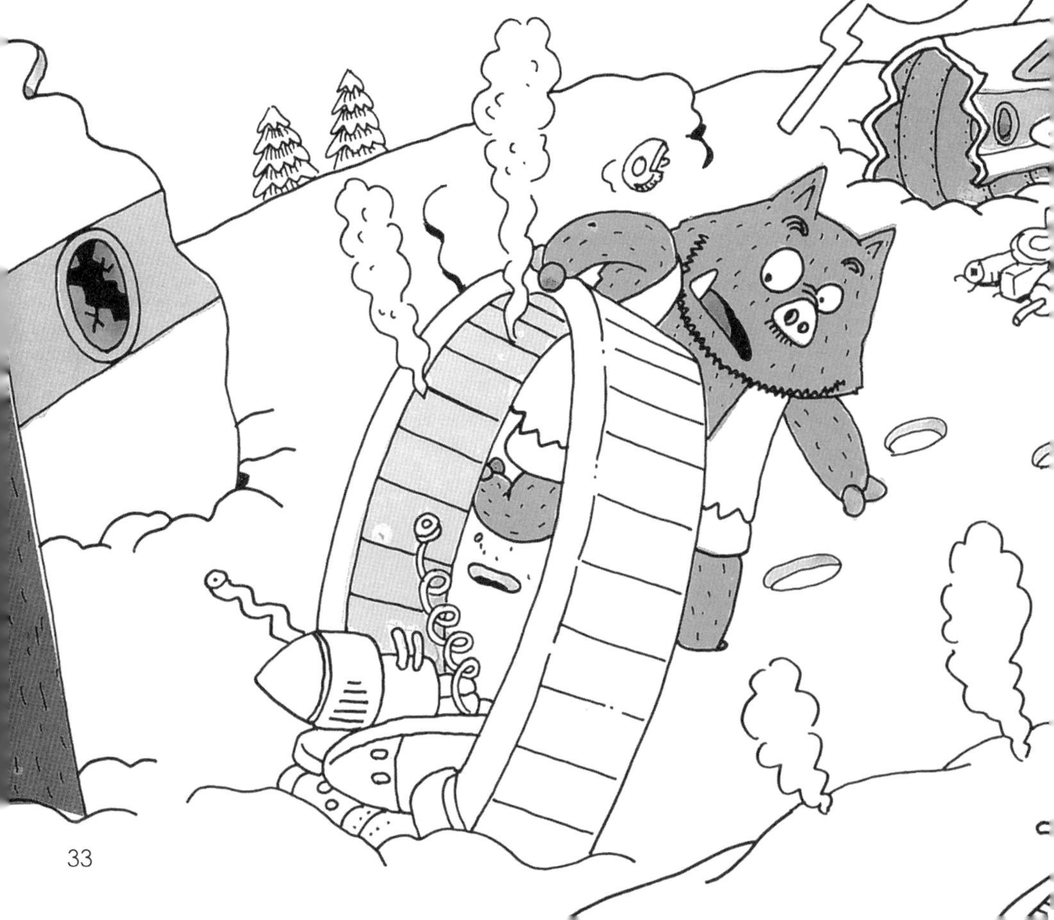

佐羅力和伊豬豬
連忙翻開飛機殘骸四處尋找，
終於發現那位
千金小姐，一個人躺在
一堆軟綿綿的布偶中。
「對不起，
我的腿好像受傷了，
可不可以請你
拉我起來？」

佐羅力親切的伸出手，
把千金小姐拉了起來。
「謝謝，我叫錢多多，
請多關照。」
她美麗的雙眼注視著佐羅力，
一時間佐羅力的心像小鹿亂撞，
噗咚噗咚的跳。
佐羅力對錢多多小姐
一見鍾情了。

「妳的腳已經受傷，
恐怕沒辦法走下山。」
佐羅力輕聲的說著，
他從破掉的斗篷撕下一塊碎布當成繃帶，
為錢多多小姐包紮腳傷。
「真對不起，
因為我的腳受傷，
連累你了。」
錢多多小姐的眼淚好像

斷了線的珍珠一般流了下來。

「別擔心，就算天塌下來，我都會想辦法把妳從這裡救出去。」

佐羅力非常帥氣的對錢多多小姐許下承諾。

「放心吧！一定會有搜查隊上山來搜救，我們只要能夠撐到他們來救我們就好了。先來找找看有什麼可以禦寒的東西和食物吧。」

三個人立刻分頭去尋找，看看飛機上還剩下什麼東西。

飛機上剩下的東西都在這裡了!!

☆各位也知道，原本放在行李室的衣物和食物，統統被丟掉了 !!

◎**零食**（錢多多吃剩下的）

•還留著錢多多齒痕的巧克力 **一塊**

•洋芋片 **12片半**

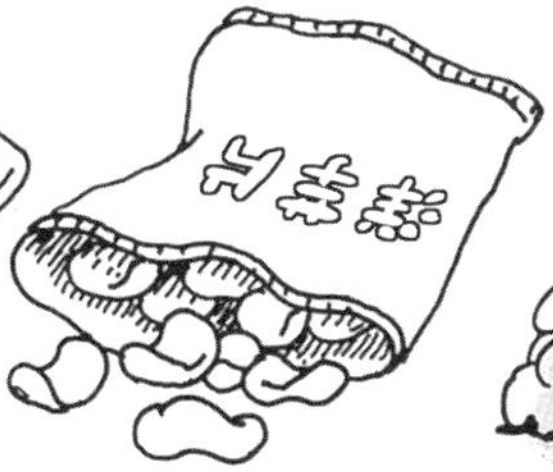

•救了錢多多一命的布偶 **34個**

工具箱

•在駕駛室下方找到的工具箱，裡面有各式各樣的工具唷！

•手電筒

•打火機

咦？全部只有這些？
我沒想到會發生這種事，剛才把零食都吃光了。
只有這麼一點東西，最多只能撐到明天。

天空中飄起了
一片片的雪花，
三個人渾身發冷，
只好鑽進布偶堆中
取暖禦寒。

佐羅力的聲明

☆雖然這個畫面看起來好像很歡樂，但是如果各位不能體會我們的處境有多惡劣，我會覺得很遺憾唷！！

「沒想到
布偶也可以
發揮作用。」

「噓！安靜！
不要說話!!」

佐羅力突然豎起耳朵。

「嗡——」

遠處隱隱約約傳來
飛機的聲音。

佐羅力和伊豬豬
飛快的從人偶堆裡
衝出來，
對著天空用力揮手。
但是，天空中
佈滿了厚厚的烏雲，
什麼都看不見。
「嘖，好不容易等到
有人來救我們，

結果雲層那麼厚，
這樣根本找不到
我們嘛。」
佐羅力垂頭喪氣的，
低下頭來。
這時，
「等一下！」
錢多多小姐的眼睛
一亮，說：

嗡~嗡
飛機的聲音愈來愈近了，一定是偵測雷達之類的東西發現我們了。
真的耶，他們一定打算在這裡降落。
嗡~嗡
哇噢，我們得救了。
喂，等一下，這裡有哪個地方可以讓飛機降落嗎？

嗡——嗡
就是啊，只有和我們一樣墜機的飛機才會在這裡降落。大家快逃吧。
沒有耶
沒有啊
嗡——嗡
但是，來不及了。
那架飛機已經衝破雲層，朝著佐羅力他們衝了過來。

嗡——嗡
哇噢，是魯豬豬！魯豬豬開著遙控飛機來找我們了。
呀呵！佐羅力大師親手造的飛機馬力實在太驚人了，即使載著我和這麼多錢，也飛得超輕鬆。

原來，魯豬豬被丟到空中時，手上剛好拿著遙控飛機，也因此能僥倖撿回一條命。

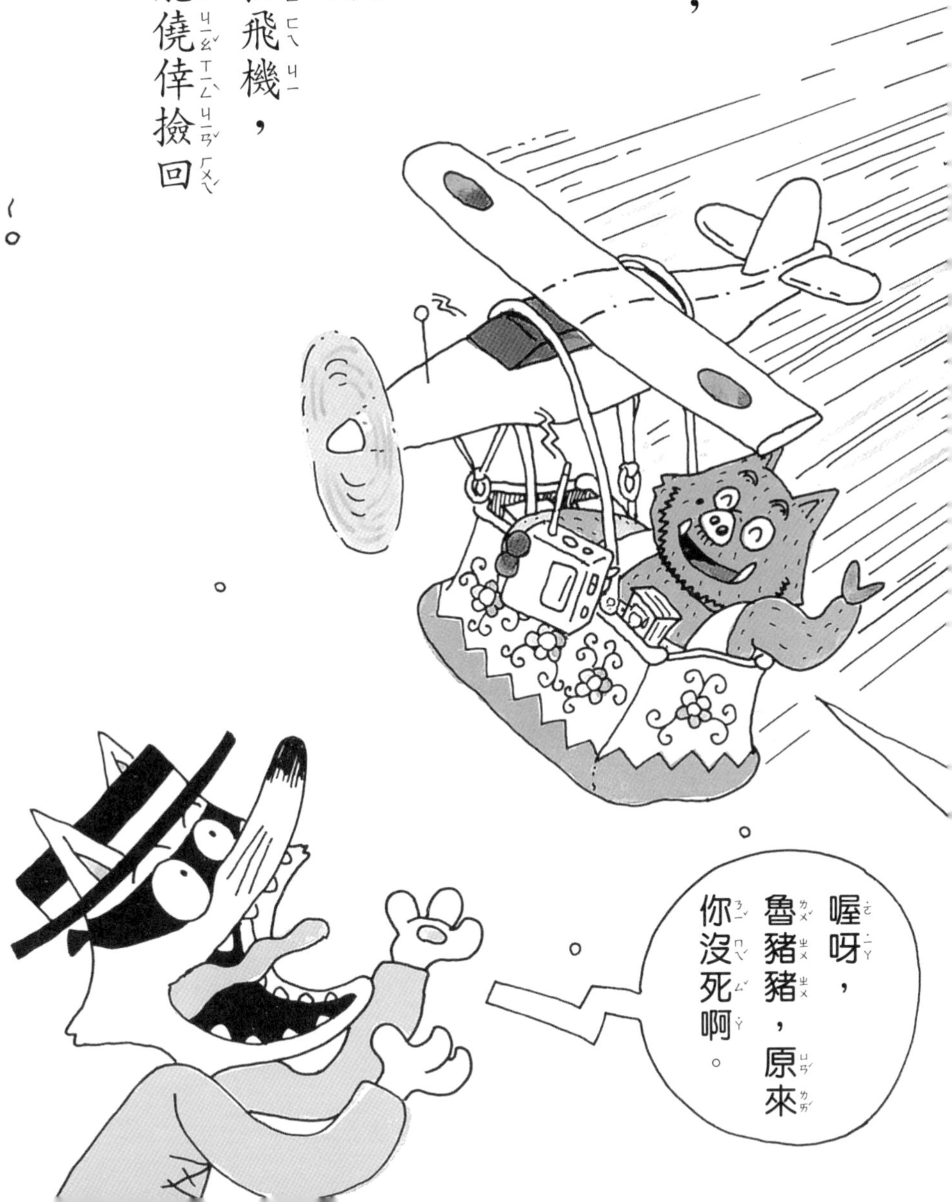

四個人圍著
那堆像山一樣的錢，
卻只能忍不住嘆氣。

但是，這裡什麼都買不到。
而且，太陽下山以後，
氣溫也愈來愈低。

我想用這些錢去買兩百碗熱騰騰的鍋燒烏龍麵，吃得嘴巴燙出水泡。
帶著這些錢，可以把街上一整家店的暖暖包和熱水袋都買下來。

錢多多小姐嘴脣發紫，
凍得全身直打哆嗦，
看了真是讓人於心不忍。
佐羅力看到這個狀況，
突然，他從行李袋裡
拿出一疊紙鈔，
打開打火機，點著了火。

「佐羅力大師，你在做什麼？
難道因為天氣太冷，你發瘋了嗎？」

佐羅力一邊拿出更多紙鈔生火，
一邊深深的凝視著
錢多多小姐，說：
「我終於發現一件事，
看到妳在這裡冷得全身發抖，
比叫我燒錢更讓我心痛，
錢多多小姐，
請妳到這裡來取暖。」
「真的太謝謝你了，

你人真好。」

錢多多小姐用冷得發抖的聲音道謝。

啊，佐羅力今天的表現實在太像男子漢大丈夫，真是太帥了。

可惜他的鼻涕不停的往下流……

他們一起圍著這堆全世界
最奢侈、最昂貴的火堆取暖，
這時，佐羅力想到一個好主意。
「喂，魯豬豬，
你可不可以像剛才一樣，
乘著遙控飛機
飛到山下去求救？
這樣的話，
我們說不定明天就可以獲救了。」

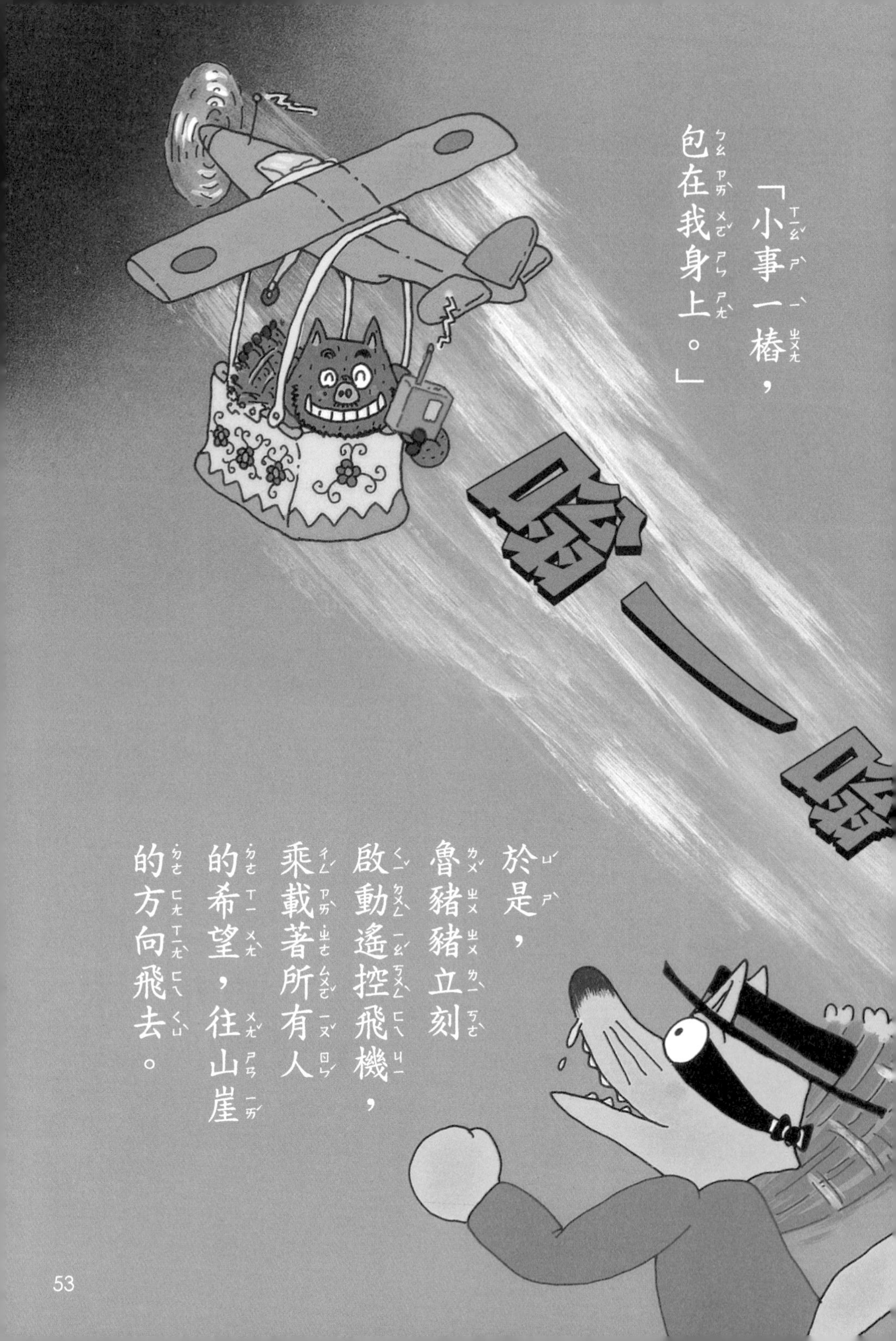

「小事一樁，包在我身上。」

於是，魯豬豬立刻啟動遙控飛機，乘載著所有人的希望，往山崖的方向飛去。

當載著魯豬豬的遙控飛機聲音消失在黑夜裡，四周變得靜悄悄的。
請問，這個森林裡應該不會有食人狼吧？沒有吧？

哈哈哈，即使有也不用怕，野生動物都怕火，所以絕對不會過來這裡。

但是，佐羅力大師，錢已經都燒光了。
咦！！你說什麼？
正當火堆快要熄滅時……
雪地上傳來腳步聲，一步一步向他們走來。
好可怕喔！一定是食人狼來吃我們了。
佐羅力拿出手電筒照向黑暗中傳來腳步聲的方向，發現……

佐羅力大師，
對不起。
因為天上
沒有半顆星星，
四周圍也都
黑漆漆的，
我什麼都看不到，
結果飛機撞到
一棵大樹了。
嗚嗚。

魯豬豬拿著
撞壞的遙控飛機
站在那裡，
鼻子還流著鼻血。
「唉，想不到
連最後的一線希望也
破滅了。」
佐羅力抱著頭
開始煩惱。

「佐羅力大師，我們不能輕言放棄。再怎麼說，這架遙控飛機也只有機頭撞歪而已，所有的零件都還在。

你只要再重新組裝就行了，不如這次你順便在機頭裝一個燈，這樣就算在黑漆漆的黑夜裡，也不怕看不到了。

由佐羅力大師來造飛機的話，一定辦得到！」

伊豬豬從魯豬豬手裡拿過遙控飛機，遞給佐羅力。

佐羅力眼睛一亮，大叫起來：

「好主意!!這裡什麼零件都有，眼前就有一架真正的飛機。對我來說，不管是遙控飛機，還是真正的飛機都一樣，既然要造飛機，乾脆造一架真正的飛機!!」

於是，四個人在佐羅力的指揮下，開始動手打造真正的飛機。而且，他們的身體經過活動後，也暫時忘記了寒冷。

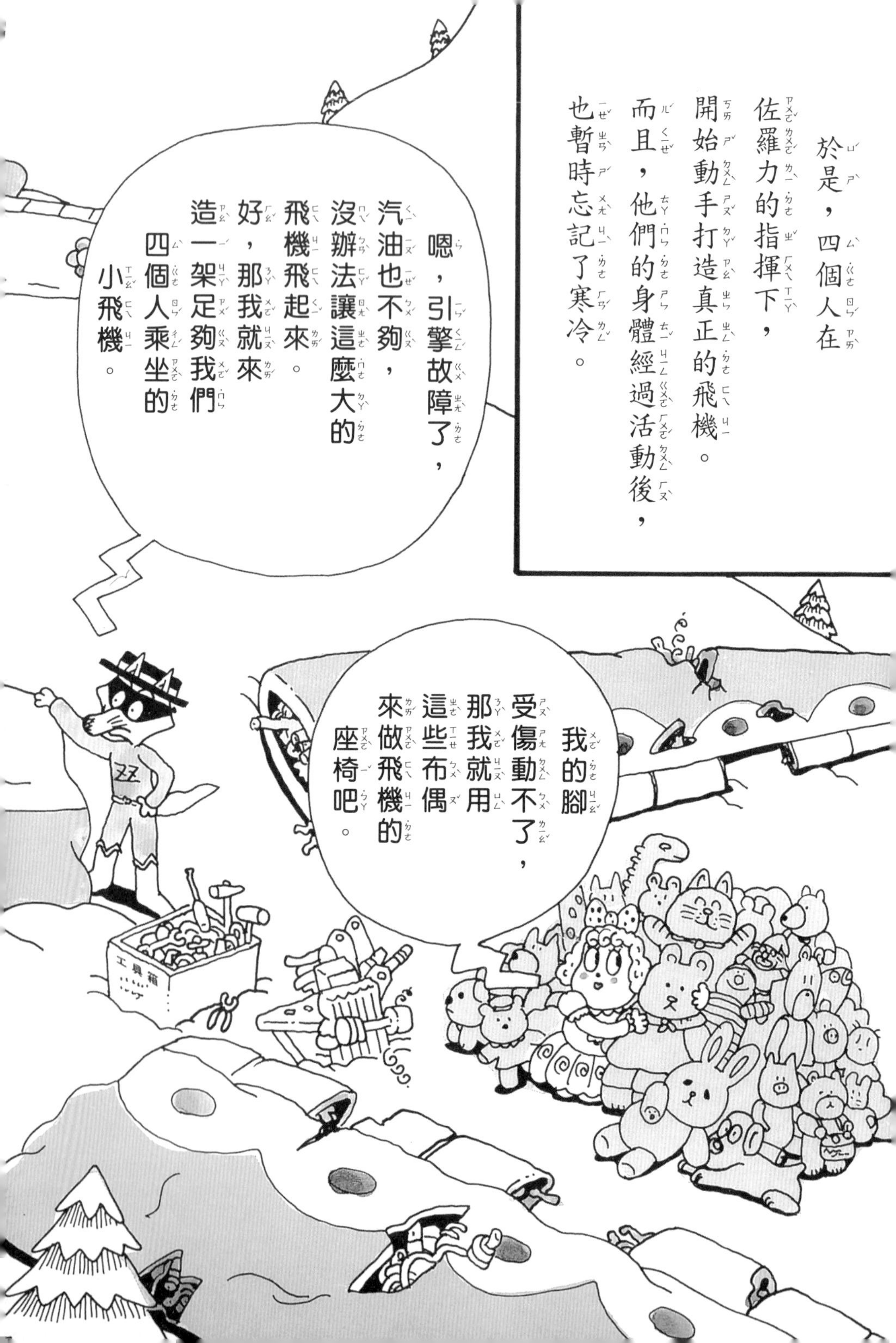
嗯，引擎故障了，汽油也不夠，沒辦法讓這麼大的飛機飛起來。好，那我就來造一架足夠我們四個人乘坐的小飛機。
我的腳受傷動不了，那我就用這些布偶來做飛機的座椅吧。

我很會做竹蜻蜓，讓我來負責做飛機的螺旋槳吧。
看我把這棵樹鋸成兩半，好拿來做飛機的翅膀。

改裝成小飛機了!!

不知不覺，雪停了，霧也散了，就在天色慢慢亮起來的時候，四人合力建造的飛機終於做好了。

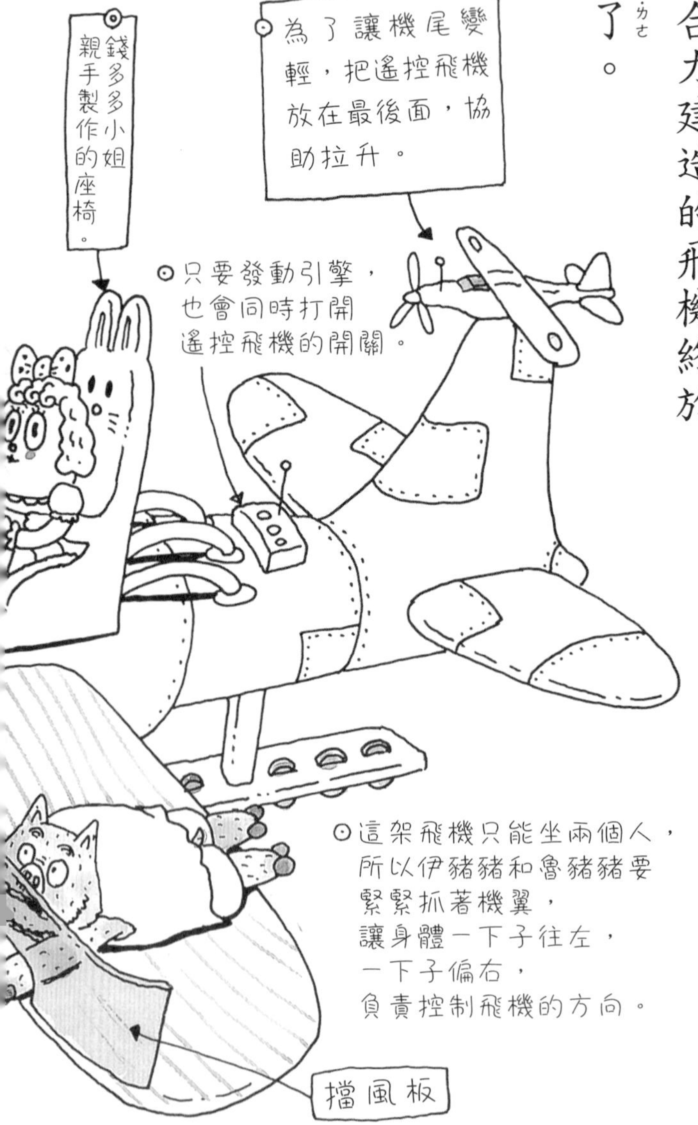
錢多多小姐親手製作的座椅。
為了讓機尾變輕，把遙控飛機放在最後面，協助拉升。
只要發動引擎，也會同時打開遙控飛機的開關。
這架飛機只能坐兩個人，所以伊豬豬和魯豬豬要緊緊抓著機翼，讓身體一下子往左，一下子偏右，負責控制飛機的方向。
擋風板

快來看哪!!
天才佐羅力把大飛機

好不容易，四個人都坐上飛機，隨時準備出發。

這時，佐羅力才發現一件很重要的事。

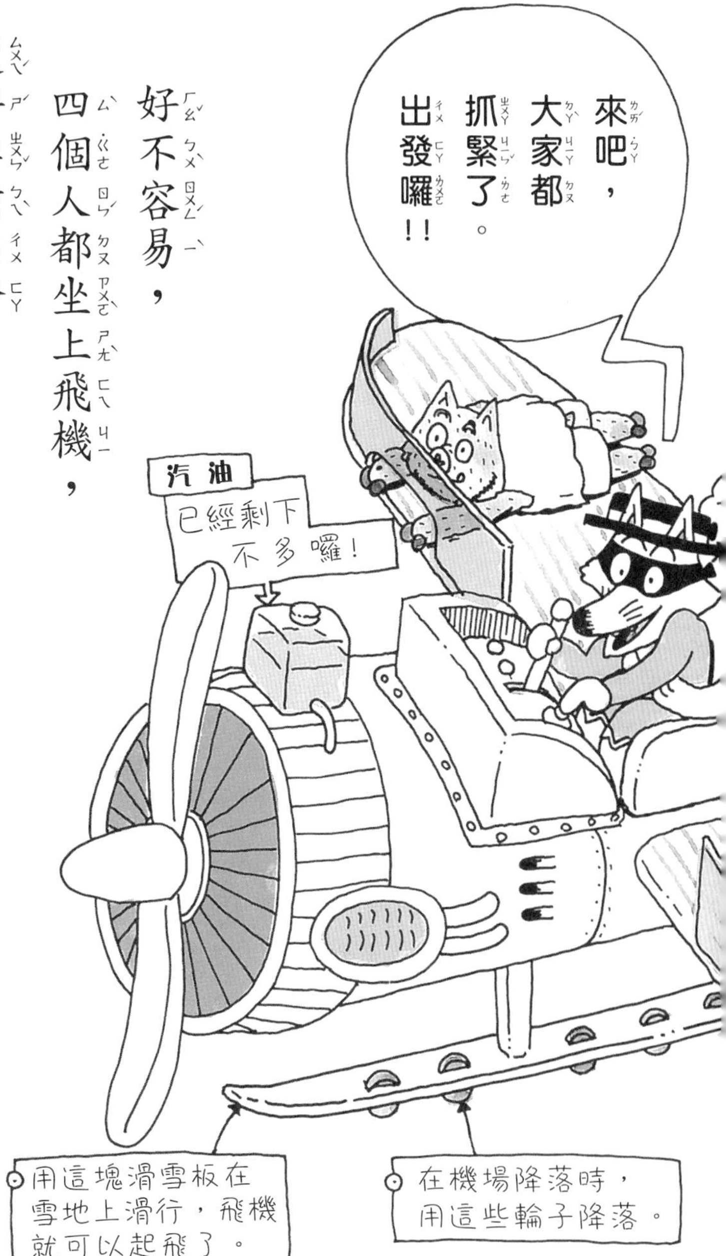
來吧，大家都抓緊了。出發囉!!
汽油
已經剩下不多囉!
用這塊滑雪板在雪地上滑行，飛機就可以起飛了。
在機場降落時，用這些輪子降落。

飛機起飛的時候，需要有跑道讓飛機滑行才能順利起飛。但是，佐羅力發現，他們前方的山坡上長滿了一棵棵樹木，樹的頂端積著雪。

要是讓飛機在這種長滿樹的山坡上滑行的話，這架臨時組裝的破飛機，肯定一下子就會被撞得粉身碎骨了。

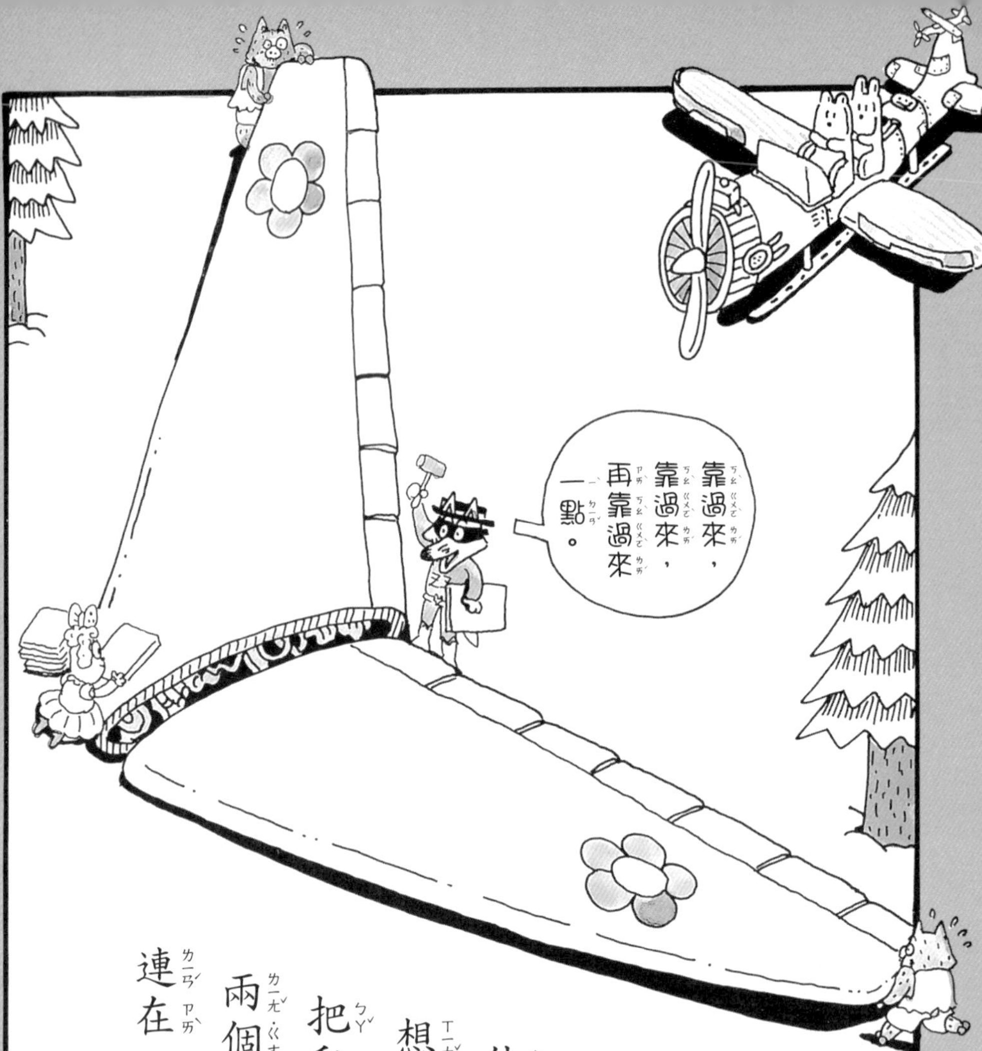

這個問題
難不倒天才
佐羅力，
他靈機一動，
想到一個方法
把私人客機原本的
兩個機翼
連在一起。

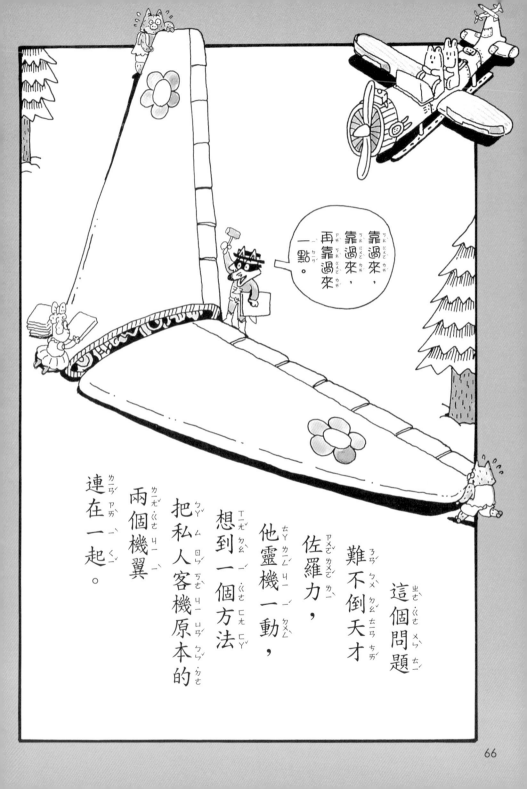

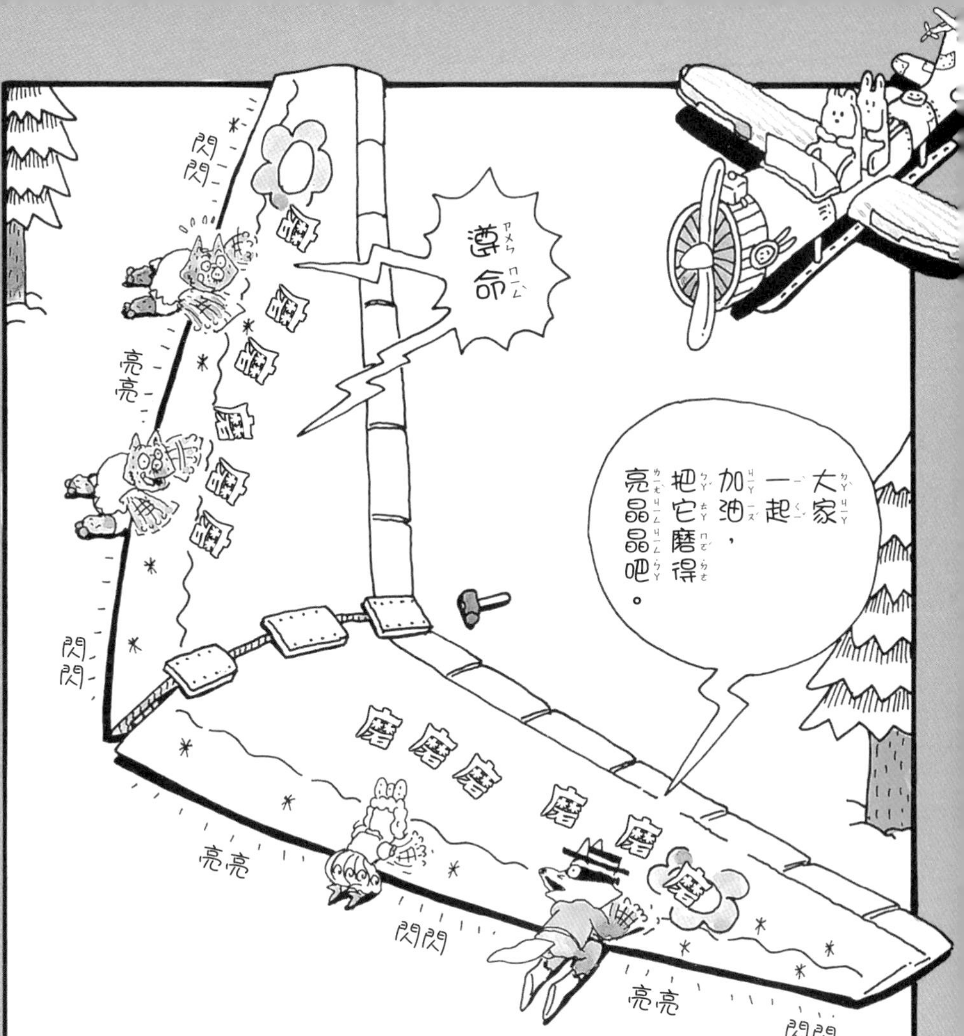

接著，他要大家用銼刀把機翼的一側磨得尖銳又光滑，這樣就完成了一把巨大的刀子。

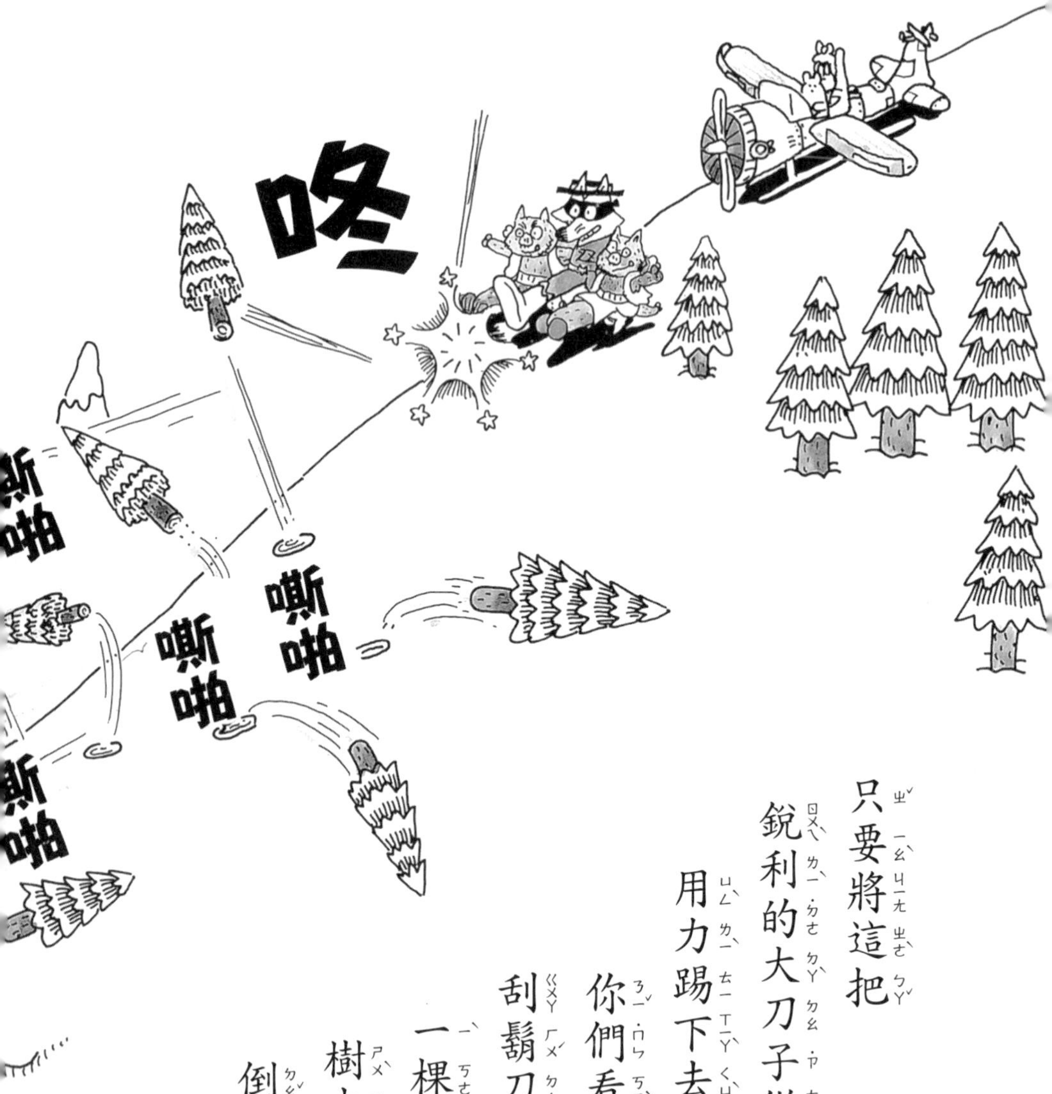

只要將這把
銳利的大刀子從山坡上
用力踢下去。
你們看，就像拿
刮鬍刀刮鬍子一樣，
一棵又一棵的
樹木全部應聲
倒下了。
於是……

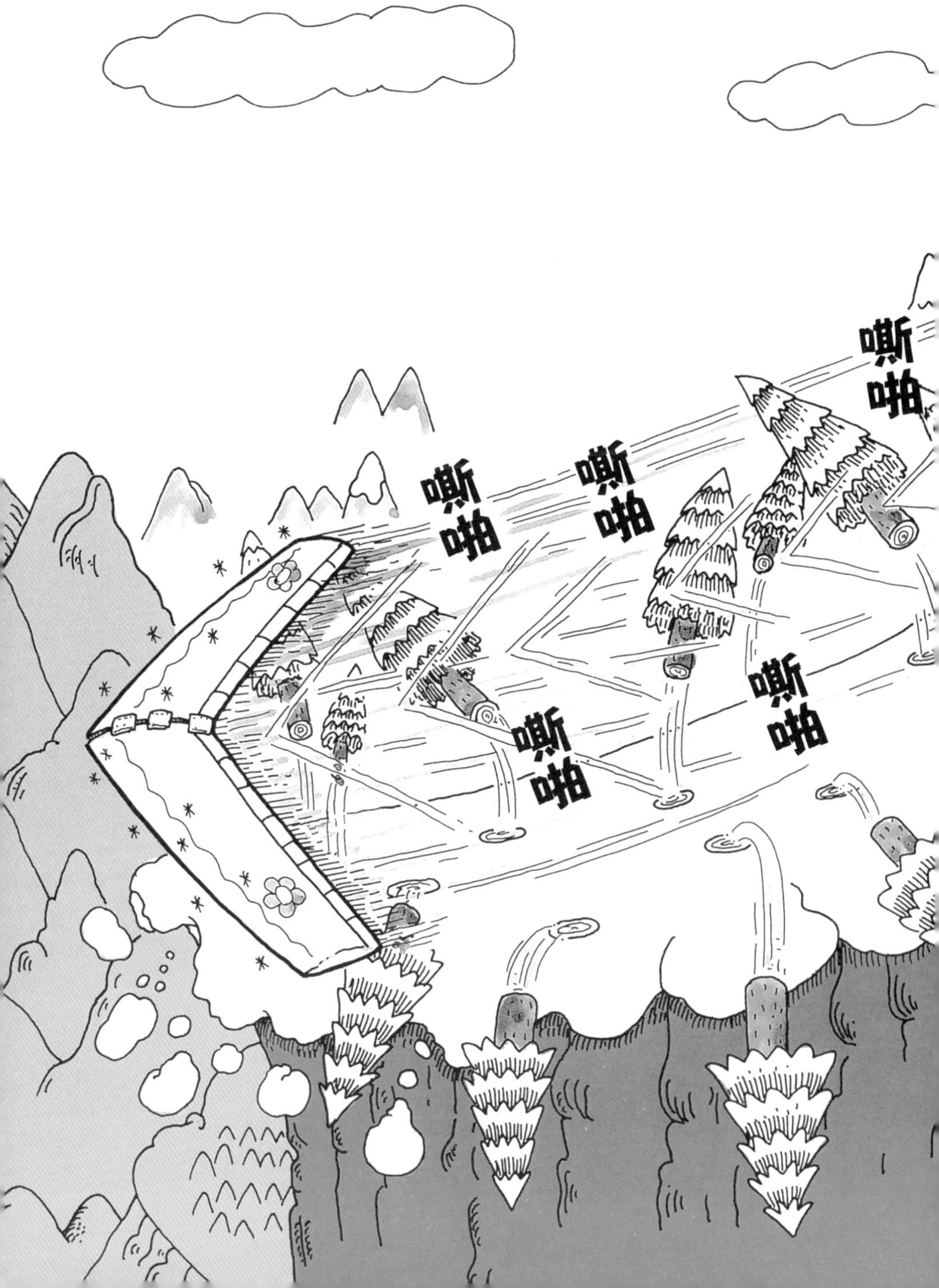
嘶啪
嘶啪
嘶啪
嘶啪
嘶啪

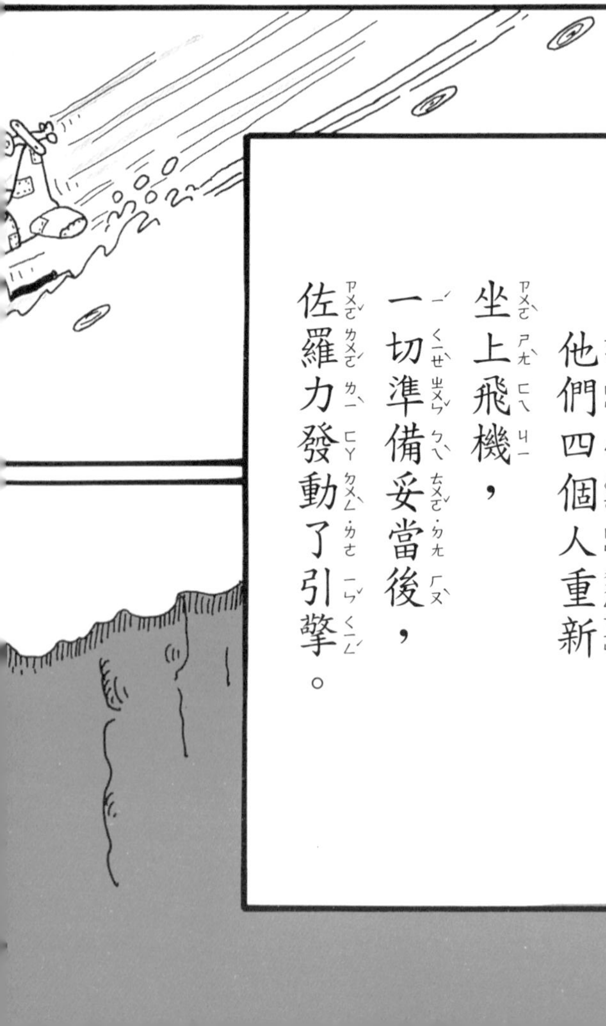

山坡上變得空蕩蕩的，一條乾淨溜溜的跑道完成了。

他們四個人重新坐上飛機，一切準備妥當後，佐羅力發動了引擎。

噗隆～
噗隆～
抓緊囉！
四人小飛機快速的滑下積雪的斜坡，愈滑愈快。到底佐羅力他們這次能不能成功起飛呢？

咻——咻
我要拉起機頭了。
用力

飛上天啦～

完、完蛋了，到處都是山。汽油只剩下一點點了，怎麼辦，我完全不知道該往哪個方向飛？

雖然他們能順利飛上寬廣的天空，真的很了不起，但是……

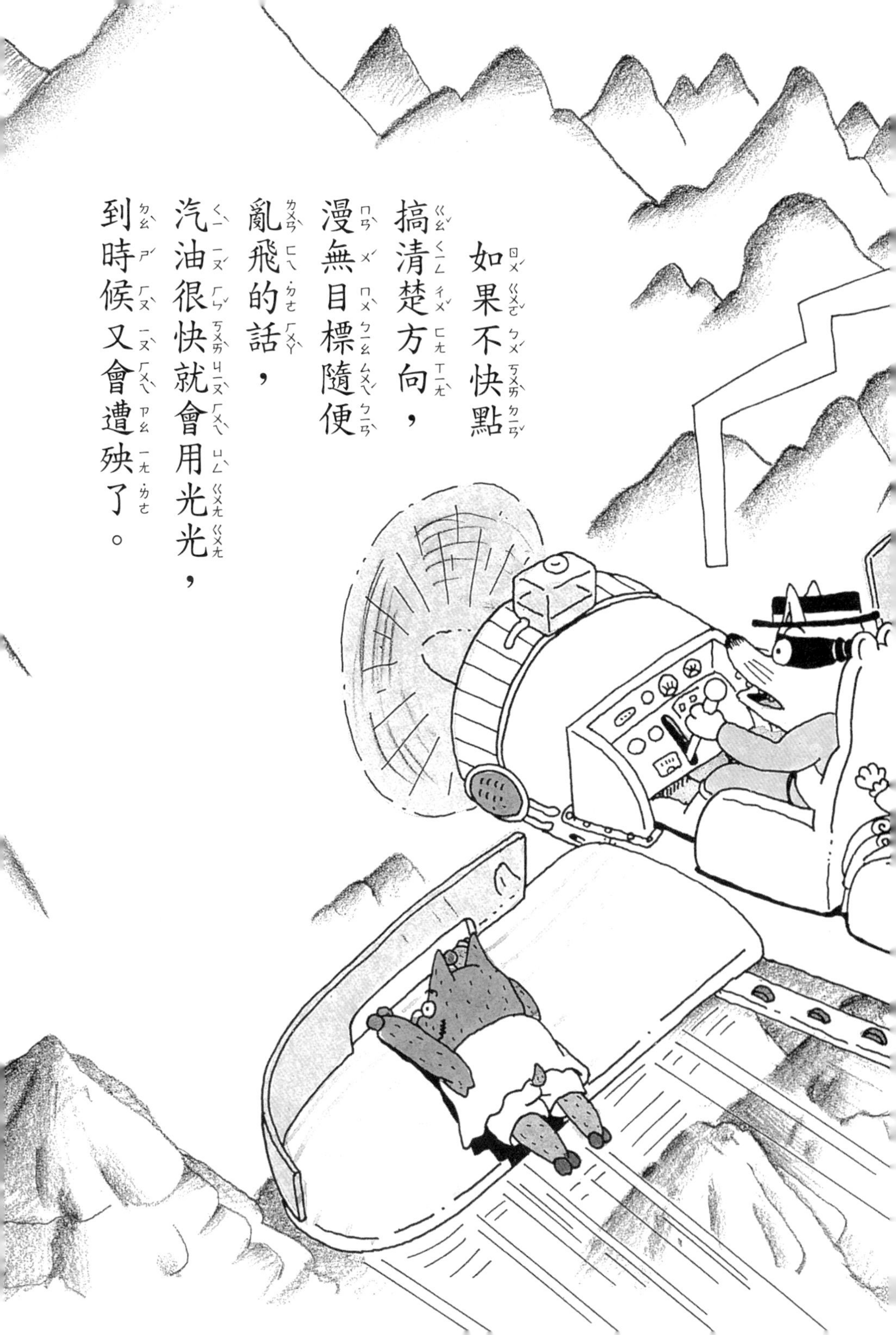

如果不快點
搞清楚方向，
漫無目標隨便
亂飛的話，
汽油很快就會用光光，
到時候又會遭殃了。

這時，忽然有一架
鮮紅色的飛機「咻」的
從佐羅力
他們的飛機旁邊
飛過去。
他們仔細一看，
發現駕駛艙內
好像有一個
黑色影子

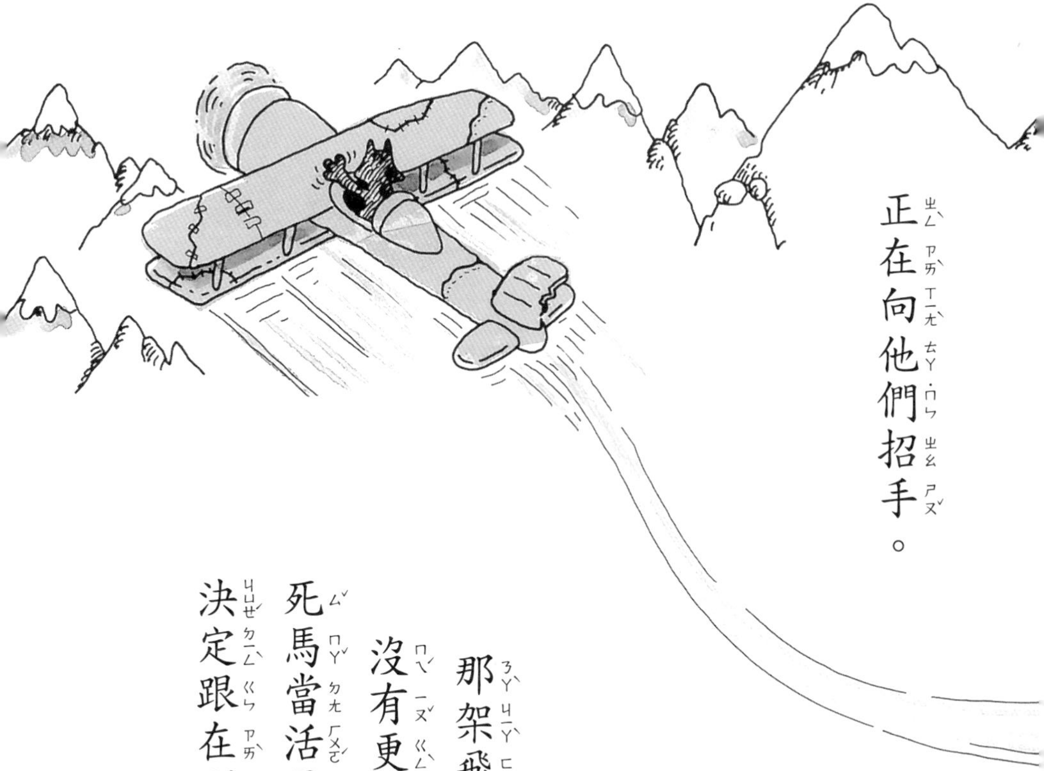

正在向他們招手。

「他好像是在叫我們跟著他耶。」錢多多小姐說。

「嗯，現在也只能相信那架飛機了。」

沒有更好的方法，佐羅力只好抱著死馬當活馬醫的心情，決定跟在那架紅色飛機後面一起飛。

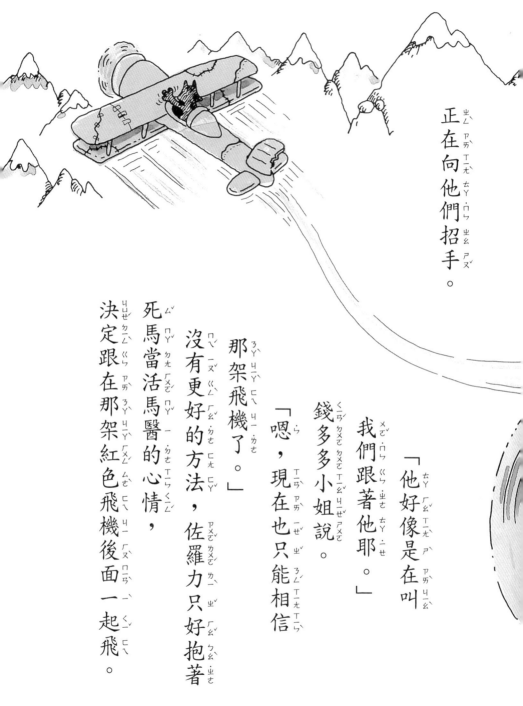

飛了好一陣子，

周圍的山漸漸變少了，

眼前還出現了牧場和房子。

終於，他們在前方看到了機場。

「得救了，我們得救了。

現在要飛到機場那裡絕對沒有問題，

這一切都要謝謝

那架紅色飛機的飛行員。」

佐羅力加快了速度，

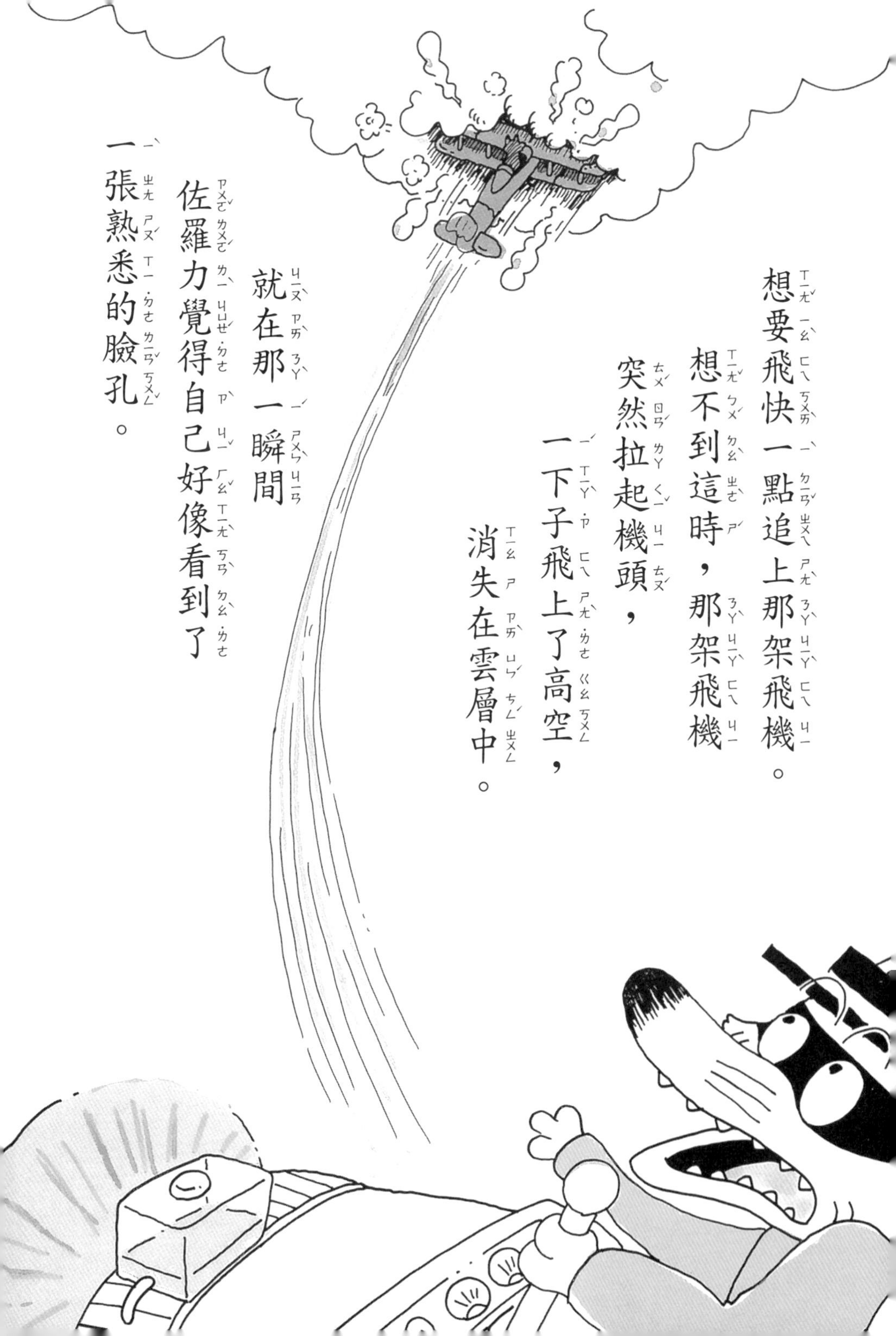

想要飛快一點追上那架飛機。
想不到這時，那架飛機
突然拉起機頭，
一下子飛上了高空，
消失在雲層中。

就在那一瞬間
佐羅力覺得自己好像看到了
一張熟悉的臉孔。

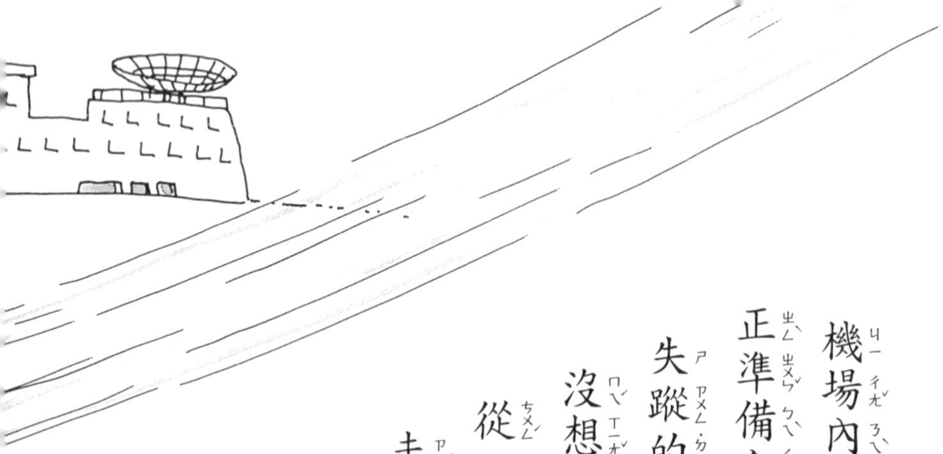

機場內，搜查隊已經整裝待發，
正準備全員出動去尋找
失蹤的錢多多小姐，
沒想到大家卻看到錢多多小姐
從一架破飛機上
走下來。
一時之間警察、
報社記者和電視台記者
全都圍了上去。

哇！
是錢多多小姐呀！
錢多多小
搜查隊
就是在這一帶下落不明

佐羅力在人群中發現了他們
最不願意看到的人。

他們就是吉波里和多波魯。
這兩位警官曾經逮捕過怪傑佐羅力
立下大功，還因此升官呢。
「萬一被他們發現的話，
就會惹上麻煩!!」
於是，佐羅力他們趁著
錢多多小姐接受採訪的時候，
從人牆底下鑽出來，
像一陣風般的溜走了。

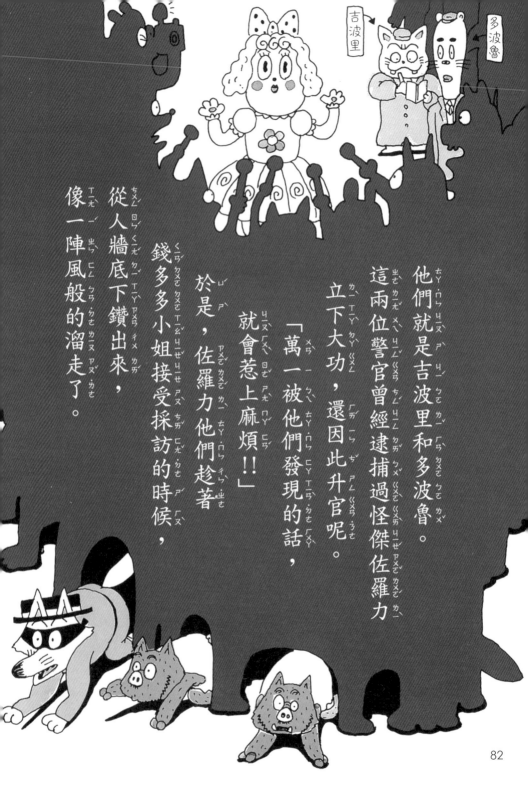

每讀新聞

立下大功的英雄
沒有留下姓名就離開了!!

錢多多小姐奇蹟似的從墜機意外中生還！

昨天，錢多多小姐所搭乘的私人客機撞山後，被認為生還的可能性微乎其微，但是，她在今天早晨回到了機場。

☆劫後餘生的錢多多小姐（鏡頭雖然拍到解救她的三個人，可惜並沒有拍到他們的臉）

錢多多小姐說，她在雪山遇難後，三個陌生人突然出現在她面前。那三個人合力造了一架飛機，救了她一命。

那三個人一到機場，就像一陣風般消失不見了。

做了這麼了不起的事，卻不願留下姓名，真是為善不欲人知的佳話。好久沒有報導這麼溫馨感人的新聞了。

錢多多小姐接受訪問

「以前，我從來沒有遇過這種聰明勇敢又優秀的人，我很希望有機會當面道謝。」

錢多多小姐似乎對這件事感到很遺憾。

怪傑佐羅力現身

錢多多小姐平安回到機場後，警方接獲線報，有人指證在機場附近看到了佐羅力。

他打算來這裡做什麼壞事？附近的居民難掩不安。之前曾經因為逮捕佐羅力而聲名大噪的吉波里和多波魯警官，目前正在附近巡邏，兩位警官呼籲民眾：「這個世界上，有默默幫助錢多多小姐的好人，也有像佐羅力那種壞蛋，請大家多加提防。」

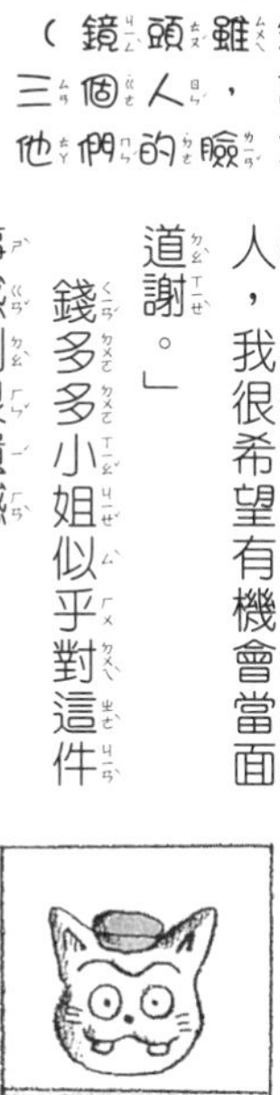

吉波里警官

多波魯警官

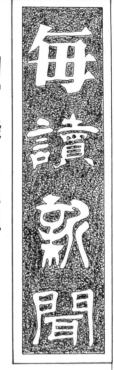

佐羅力大師，你有沒有看報紙？如果我們沒有被通緝，就可以出面承認是我們救了錢多多小姐，領很多很多的獎賞。
我覺得搞不好佐羅力大師可以和那個錢超多的富家千金小姐結婚。如果我們沒有遭到通緝，不知道該有多好。
每讀新聞
立下大功的英雄
沒有留下姓名就離開了!!
錢多多小姐奇蹟似的從墜機意外中生還！
電視節目表

比起這個，我更想知道的是，駕駛那架紅色飛機的飛行員是誰。
雖然我知道這可能是白日夢，但搞不好他是、是我的爸爸……
什麼？我老公還活著!!
改天得找佐羅力來好好問清楚。

作者簡介

原裕 Yutaka Hara

一九五三年出生於日本熊本縣，一九七四年獲得KFS創作比賽「講談社兒童圖書獎」，主要作品有《小小的森林》、《手套火箭的宇宙探險》、《寶貝木屐》、《小噗出門買東西》、《我也能變得和爸爸一樣嗎？》、【輕飄飄的巧克力島】系列、【膽小的鬼怪】系列、【菠菜人】系列、【怪傑佐羅力】系列、【鬼怪尤太】系列、【魔法的禮物】系列等。

譯者簡介

王蘊潔

專職日文譯者，旅日求學期間曾經寄宿日本家庭，深入體會日本文化內涵，從事翻譯工作至今二十餘年。熱愛閱讀，熱愛故事，除了或嚴肅或浪漫、或驚悚或溫馨的小說翻譯，也從翻譯童書的過程中，充分體會童心與幽默樂趣。曾經譯有《白色巨塔》、《博士熱愛的算式》、《哪啊哪啊神去村》等暢銷小說，也有【魔女宅急便】系列、【小小火車向前跑】系列、《大家一起來畫畫》、《大家一起做料理》【大家一起玩】系列等童書譯作。

臉書交流專頁：綿羊的譯心譯意。

國家圖書館出版品預行編目資料

怪傑佐羅力和神祕的飛機
原裕 文、圖；王蘊潔 譯 --
第一版. -- 台北市：天下雜誌, 2012.03
92 面 ;14.9x21公分. --（怪傑佐羅力系列；14）
譯自：かいけつゾロリとなぞのひこうき
ISBN 978-986-241-486-6（精裝）
861.59　　101002115

かいけつゾロリとなぞのひこうき
Kaiketsu ZORORI series vol.16
Kaiketsu ZORORI to Nazo no Hikouki

怪傑佐羅力系列 14

怪傑佐羅力和神祕的飛機

作者｜原裕
譯者｜王蘊潔
責任編輯｜黃雅妮
特約編輯｜游嘉惠
美術設計｜蕭雅慧

天下雜誌群創辦人｜殷允芃
董事長兼執行長｜何琦瑜
兒童產品事業群
副總經理｜林彥傑
總編輯｜林欣靜
主編｜陳毓書
版權主任｜何晨瑋、黃微真

出版者｜親子天下股份有限公司
地址｜台北市 104 建國北路一段 96 號 4 樓
電話｜（02）2509-2800　傳真｜（02）2509-2462
網址｜www.parenting.com.tw
讀者服務專線｜（02）2662-0332
週一～週五：09：00～17：30
讀者服務傳真｜（02）2662-6048
客服信箱｜parenting@cw.com.tw

法律顧問｜台英國際商務法律事務所・羅明通律師
製版印刷｜中原造像股份有限公司
總經銷｜大和圖書有限公司
電話｜（02）8990-2588
出版日期｜2012 年 3 月第一版第一次印行
2022 年 12 月第一版第十八次印行
定價｜250 元
書號｜BCKCH051P
ISBN｜978-986-241-486-6（精裝）

訂購服務
親子天下 Shopping｜shopping.parenting.com.tw
海外・大量訂購｜parenting@cw.com.tw
書香花園｜台北市建國北路二段 6 巷 11 號
電話（02）2506-1635
劃撥帳號｜50331356 親子天下股份有限公司

親子天下
有聲故事書

日本熱賣25年，狂銷3,300萬本的經典角色

讓你笑到彎腰、幽默破表的開胃閱讀系列

怪傑佐羅力

連續五年圖書館小學生借閱率前三名

不論遇到什麼困難，佐羅力都絕對不會放棄。我認為懂得運用智慧、度過難關，這種不放棄的精神，是長大進入社會以後最重要的事。

——【怪傑佐羅力】系列作者 **原裕**（Yutaka Hara）

不靠魔法打敗哈利波特的佐羅力

日本朝日新聞社調查幼稚園~國小六年級3,583位小朋友，佐羅力打敗哈利波特，是所有小朋友心目中的最愛！

風靡所有孩子的佐羅力精神

★雖然每次的惡作劇都失敗，卻反而讓佐羅力成為樂於助人的正義之士。
★不管遇到什麼挫折，佐羅力總是抬頭挺胸向前走。
★雖然媽媽不在身邊，卻總是想著媽媽，勇敢面對挑戰，所以佐羅力永遠不會變壞。
★不只故事有趣，藏在書中各處的漫畫、謎題、發明，每次讀都有新發現。

下一本永遠更有趣，讓孩子想一直讀下去

佐羅力雖然很愛惡作劇，卻常常失敗，反而幫助了別人，真是太好笑了！

——**陳稷謙．小三**

【怪傑佐羅力】系列讓三年級的哥哥半夜不睡覺、凌晨起床偷看書；更好的是讀大班的弟弟也因本書開始認真閱讀，走入自行閱讀的浩瀚書海！

——**家長．小熊媽**
「家在婆娑美麗處：小熊部落」格主

作者為了吸引低年級小朋友自己閱讀，刻意以接近漫畫的圖文書風格來說故事，用字淺顯易懂，加上小朋友最愛的冷笑話或謎語，以及插圖中暗藏的迷宮、線索般類似互動遊戲的關卡，讓閱讀過程增添更多樂趣。

——**童書作家．張東君**

現在就和佐羅力一起出發！

為了向天國的媽媽證明，自己能夠成為頂天立地的「惡作劇之王」，佐羅力帶著小跟班伊豬豬、魯豬豬，展開充滿歡笑和淚水的修練之旅……

佐羅力

為了讓在天堂的媽媽以他為榮，佐羅力立志成為「惡作劇之王」，勇敢踏上修練之旅。旅途中佐羅力喜歡打抱不平，常有驚人的創意發明，雖然每次惡作劇都以失敗收場，卻陰錯陽差解決難題，搖身變成眾人感謝的正義之士。

伊豬豬、魯豬豬

貪吃的野豬雙胞胎，哥哥伊豬豬是愛哭鬼，右眼和右鼻孔比較大；弟弟魯豬豬是糊塗蛋，左眼和左鼻孔比較大。兩人因為仰慕佐羅力成了小跟班，尊稱佐羅力為大師，卻總是幫倒忙，造成不可收拾的混亂，拖累佐羅力的計畫。

佐羅力的媽媽

溫柔的母親是佐羅力最念念不忘的人，但她在佐羅力小時候就已經去世。由於佐羅力個性迷糊，讓她即使在天堂，卻仍然常常來到人間，關心寶貝兒子的一舉一動，偶而還會偷偷幫助佐羅力，是一位愛子心切的好母親。

親子天下 天下雜誌出版
購書及訂閱電子報．天下童書館 www.cwbook.com.tw/kid
親師生三方互動最佳的橋梁．親子天下網站 www.parenting.com.tw

我想有這樣的爸爸。
如果爸爸喜歡打電動，就可以一起玩得很開心。
如果爸爸喜歡做菜，就可以每天吃到很多的美食。
喔，留髮髻的爸爸。脾氣好，力氣又大的相撲選手爸爸也很棒。